우리는 마지고 디스트로이

4

WE ARE MAJI-KO DESTROY

Marumero Tanaka

목차

#21 스노하라 키리야

철컥
키리야!!
언제까지 잘 거야!
오늘 공연 있다고 했잖아! 얼른 일어나.
밥은? 배고파?
안 고파.
팔 줘봐.
응....

치덕
치덕
…테이프 거의 없더라. 더 사 놓자.
컨실러도.
착
착
저기.
키스해 줘.

……
……
뭐?

철
썩

미쳤구나.

안 마셔.

그, 그래?

아!

키리야, 잘 잤어? 코코아 마실래? 타줄게!

달깍

형….

……

오늘은 그나마 나은 편이야.

키리야, 기분 별로야?

괘, 괜찮아?

오늘도 멋진 무대 기대할게~ 분위기 확 띄워줘!
하하, 감사합니다.
당연하죠.
웅성…
웅성…
까야아아 아 아
시끄러워.

키리야—!!
평생 사랑한다는 그 말,
키리야 해줘
평생 사랑해
야ㄹ
사랑하는 사람이 없어져도 즐거워 보여서.
좋겠다.
금방 잊어버릴 수 있는 '사랑'이잖아.
카즈네 해줘
평생 사랑해
눈이 마주치기만 해도 울며 기뻐했던 주제에
곧바로 다른 사람을 사랑한다고 말할 수 있구나.
좋겠다. 쉽게 잊을 수 있어서.
부러운걸.

박정한
인간들.

고맙
습니다.

감사합니다! 다음에도 잘 부탁 드릴게요!
고생 많이 하셨어요~
...정말
편의점 케이크는 싫어.
최악이야! 그 플래너. 난 코코아 좋아하는데, 감히 커피 따윌 내와?!
다시는 나가나 봐라.
가는 길에 코코아 사줄게.
초콜릿 케이크도!
그래, 그래.
쾅..
키리야는? 뭐 필요한 거 있어?
없어.
알았어. 아키, 입 좀 다물어봐.
마지고 디스트로이
답글 미디어 마음에 들어요
마지고 디스트로이 @majiko_23 무료 공연
어제 싸웠지만 금방 화해함! 즐거웠어.
#미나세
마지고 디스트로이 @majiko_23
나나의 머릿결이 좋다 나쁘다로 멤버끼리
나나와 하기 때문에 나나의 질문은
죄송합니다.
좋겠다.

WE ARE MAJI-KO DESTROY
Marumero Tanaka

WE ARE MAJI-KO DESTROY
Marumero Tanaka

절대 시려————!!

EP.
TWENTY TWO

저렁
저렁
저ㄹ

시려!!!

왜 그렇게
시려~~
분명히
멋있을 텐데!

아니,
시려라니….
시려가 뭐야,
시려가….

움찔

'불끈불끈
근육
배틀 페스'가
뭐야?!
미유,
안 나갈랭!

울퉁불퉁한 몸
들키는 건
싫단 말야!

미유는
왕자님이
되기로
결심했어….

결심
했지만….

미유….

미, 미유는
어떤
모습이든
귀여운걸!

미유
귀여워!

불끈불끈
귀엽잖아!

그래…?

유키는
가만
있어.

똑
똑…

흠칫

진짜야! 미유가 얼마나 귀여운데! 오히려 평소보다 노출이 늘어나니 섹시함까지!
너… 맞고 싶냐…?
엥?!
미, 미안…. 아냐, 본 적 없어….
덥석
미유를 엉큼한 눈으로 보지마앗!!
으아~~ 큰일났네. 섹시하고 귀여운 미유를 보면 내 분신이 벌떡거릴 것 같아~
알았어! 어떤 배틀 페스에 나갈지 다시 생각해볼 테니까 나와.
거짓말~!
미유가 나가면 구슬릴 생각이 잖앙!! 시려—!!
미유, 믿어줘!!
……
그럼… 미유가 나오면 다 같이 귀염귀염 페스티벌 할까?
어…?
귀염귀염 페스티벌이 뭐야?
거짓말 아냐. 불끈불끈 근육 페스는 단념할게!
못 믿겠어! 후에에 에엥….
재미있을 것 같지 않아? 미유! 우릴 믿어줘!
……
다 같이 하자!

뻐
미유는 너희를 믿어♥
……
끼익!
끔
귀염귀염 페스티벌 하자♪
와 아!!
냥♥ 냥♥♥
오오~!! 미유~!!
귀염귀염 페스티벌이 뭔데—??!
……
그래서? 귀염귀염 페스티벌이 뭐야? 다 같이 한다며?
……
잠깐… 진짜 뭔데…?!
……
뭐야, 그만 뜸들이고 가르쳐줘.

#22
귀염귀염
페스티벌
EPISODE
TWENTY TWO

miyu♡
부비♡
부비♡
아잉~~♡
귀엽다냥♡
그래?
고마워….
그렇군….
'귀염귀염
페스티벌'이란
다시 말해…
준비 중
……
힐끔
힐끔
가랑이
사이로
바람이
슝슝
들어와
'여장하는
모임'
이구나….
후에에엥!
귀염귀염
페스티벌
이라고
행!
야,
팬티
보여~

야노도 가발 똑바로 썽~
쓰면 진짜 흉할걸….
왜~? 땋은 머리 귀여웡~♪
이… 이게 나…?
근데 엄청 많다~ 옷도, 가발도….
메구, 200m 정도 떨어져서 보면 괜찮겠다.
멀어…!!
꼬하하
헐~
어딜 어떻게 봐도 유키 맞는데.
근데 눈이 피곤해…. 인공 속눈썹, 장난 아니다.
미유, 내 섀도는? 질 슈트어트 거.
여기 있엉~
맞다♪ 서로 사진 찍어주장♥
사진?! 뭔 소리야. 세상에 남기고 싶지 않아….
뭐야~~ 찍자~ 여자끼리♥
너희, 익숙하구나….
남자끼리지!!

니나 너, 여자끼리 붙어서 야한 짓 하는 거 좋아하잖아?
쓸데없는 말 좀 하지마!!
좋다, 좋다♥
그럼 니나가 원하는 포즈로 찍자.
화아악
…!
내가… 백합이 될 수 있다고…?!
두근…
할 수 없지…. 그럼 찍어볼까!
와아~♥
결정 참 빠르다.

찰
칵
다리를 가려, 다리를!! 니나, 다리털 보이잖아!!
뭐가 잘못일까…?
팬티 보여.
있는 걸 어떡하냐, 못생긴 게!
이건 뭐, 골격부터 글렀네.
못생긴 건 너거든!
세리사와랑 미유는 세심하게 잘 가렸다.
후후♥ 그럼 난 간식 가져올게.
땡큐~!
와아
당연하지. 몇 년을 했는데.
The Tale of Peter Rabbit
그보다 야노 네가 사진을 못 찍어서 그래. 미나세는 귀엽잖아.

게다가 귀엽고 ♥
아이 참, 무슨 소리야….
이거, 우리 먹을 간식이야? 미유는 항상 마음이 참 예쁘다니까~
정말? 고마워 ♪
나도 도울게~
미~유!
뭐~?! 정말♥
…하지만 미유는…
귀엽다고 칭찬받고 싶어서…?
무엇을 위해 귀여워지고 싶은 걸까…?
냠
해보고 알았는데, 화장도 머리 세팅도 시간은 엄청 걸리지, 귀찮지.
후후, 농담….
아무렴 어때!
이만큼 열심히 했으니 나도 귀엽다는 말을 듣고 싶은걸.
뿍

토모도?!
나도 말해야 해?!
에엥?
피부도 뽀얗고, 눈도 참 크다 ♥
응!!
그럼 서로 칭찬하기 할래?!
뭐?!
응. 듣고 싶어.
미유, 속눈썹 길다!
응!
피, 피부도 하얘졌고….
파데 한 톤 업했거든 ♪
스, 스타일도 좋아!!
정말?!
에엑?! 자… 장미?! 아니, 백합?! 어느 쪽이지?!
…윽!!
획
미유, 화장실 어…
끄에엑!
꼬옥 ♥
뚝
너무 좋앙〜♥ 꼬옥〜♥♥

다들
고마워♥

즐거웠다
냥♪

왠지
얼굴이
가벼워
졌어….

흐아~
후련
하다!

그럼
이만 슬슬
가자.

잠깐.

할
얘기가
있어.

다음에
나갈
배틀 페스
말인데…

핑키
라이브에

나가보지
않을래?

핑키
라이브
라면…

여장하고
나가는
귀여운 장르
전문…

실흥어.

왜?
오늘
즐거웠
잖아?

너희도
싫잖아?
많은 사람들이
본단 말야.

안
나갈래.

게다가
난

귀엽지도
않고.

귀엽지 않아.
내가 귀엽다고 하잖아!
이제 그만 인정해!
넌 귀여워!!
꽈
앙
그러니까 미유…
또 미유한테 창피 주고 싶어?!
이제 그만해!
혁
아….

큰 소리 내서… 미안….
하지만 난 정말로 오늘 같은 시간으로 만족해….
미안….
미유 에겐
왕자님 따윈 어울리지 않아.
미유! 우린 좋아.
핑키 라이브 나가자.
다들 내일 보자.
그게
거짓말 하지마.
아냐, 됐어.
미유는 신경 쓰지마.

왜…

준이 그런 말을 하는 거야…?

시끄러워, 가만 있어!

야, 세리사와, 그만해.

……워…

준, 정말 미워…ㅎ

그리고 미유 너 말야, 밉다니 뭐니 마음에도 없는 소리 하지마.
오늘은 그만하자. 미유도 세리사와도 머리 좀 식혀.
자, 자.
쫙
내일 다시 얘기하자.
으, 응! 그래.
리더….
쫙
……
……
……
……
미안….

팔락
미유 님께♡
안녕하세요! 미카 군○
어제 공연도 진짜 너무
멋있었어요♡
정말로 왕자님 같아요
멋진 모습 계속 보고 싶
유 님과 만난 뒤로 얼
북한지 몰라요♡
속 저의 왕자님으로
어주세요!
번 공연에서 미유 님
브이해주는 거 보고
었어요♡ ㅎㅎ
시 미유 님을 다정해(
ㄴ 미유 님을 위해 열
~
음 무른 공연도
꼭 보러 갈게요♡
슬룩
팔락
뚝…
짤깍
짤깍
꼭…
펄럭
펄럭

공주님
따윈…

될 수
없어.

…미유,
점심…
나,
오늘은
혼자
먹을게.
야! 미유!
……
뭐?
탓,
덜컹
……
#23
공주님 따윈
될 수 없어
EPISODE
TWENTY THREE

싸웠으면 화해하면 되지.
응….
그렇게 침울해 하지마.
근데 넌 금방 열 내서 탈이야.
내일은 내가 얘기해 볼게….
……
……
……
…미유는 무리하고 있어.
미유는… 지금 있는 팬을 소중히 여기거든.
그래서 아마 자기가 팬을 속이고 있다는 심정일 거야.
일부러 꾸미지 않아도 되는데.
난 미유가 미유답게 있었으면 좋겠어.

그러게.
퀄리티 지린다!
우와~~
핑키 라이브 우승 단골 그룹이라.
남자 맞지…? 근데 백합이 뭐야? 니나는 뭔지 알아?
모모모모 몰라.
맞아.
내가 다 불편하다니까….
미유랑 세리사와도 어서 화해했으면 좋겠다.
핑키 라이브도 결국 어쩔 생각인지.
하지만 난 이렇게 귀여워질 수 없는데….
불안해….
그래도 난 핑키 라이브에 나가고 싶어.
다 우유
우유

나, 미유가 하고 싶은 일이라면 해보고 싶거든.
게다가 다 같이 해보니 즐거웠잖아.
오늘은 이쯤에서 끝내자.
좋아.
음악실
미유!
잠깐. 미팅할 거야.
응...
까딱 까딱

다음에 나갈 배틀 페스 말인데,

어디 나갈지 정하자.

미유는 왜 그렇게 핑키 라이브에 나가기 싫은 거야?

…미유가 사실은 왕자님이 아니라는 걸

팬들한테 들키고 마니까…. 그런 일은 있어선 안 돼.

미유, 좀 더 팬을 믿어봐.

미유를 정말로 좋아하는 애는

미유에 대해 뭐든지 알고 싶을걸?

…하지만 떨어져 나가는 애도 분명히 있을 거야.

그럼 그룹에 악영향을 끼칠 테고.

미유가 이 그룹에 들어온 의미가 없어져.

미유는 우리와 함께 네오 아이돌을 하고 싶어서 들어온 거 아니었어?
그게 무슨 말이야!
그룹에 악영향이 된다느니, 의미라느니, 그런 건 상관없잖아!
미유에 대해…
미나세, 잠깐 진정해….
스톱, 스톱!
고작 그게 하고 싶은 걸 참는 이유야?

너희가
미유에 대해
뭘 알아?

지금은…
혼자 있게
해줘….

됐어!

미유,
가디려!
같이…

앗…
야!

미안.
이만
갈게.

드륵

消火栓
消火

공주님이
될 수
있을 줄
알았다.

귀엽다는 말을 들을 때마다,
누나 옷을 입을 때마다,
거울을 볼 때마다
틀림없이 크면 귀엽고 반짝이는 것에 둘러싸인
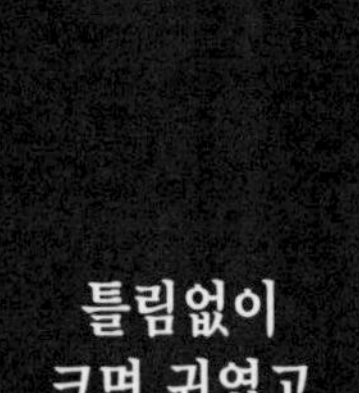
공주님이 될 수 있으리라 믿어 의심치 않았다.
하지만
점점 그것은

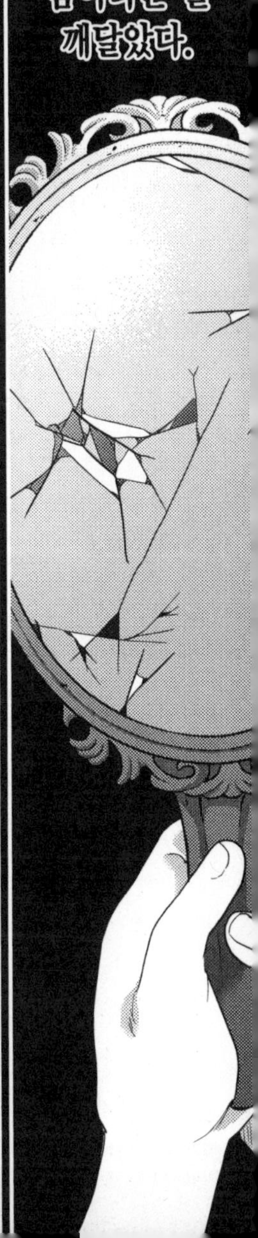

꿈이라는 걸 깨달았다.

키도 크고, 변성기가 오고,
수염 같은 것도 나기 시작하고.
싫어.

이 상태로는 공주님이 될 수 없어.

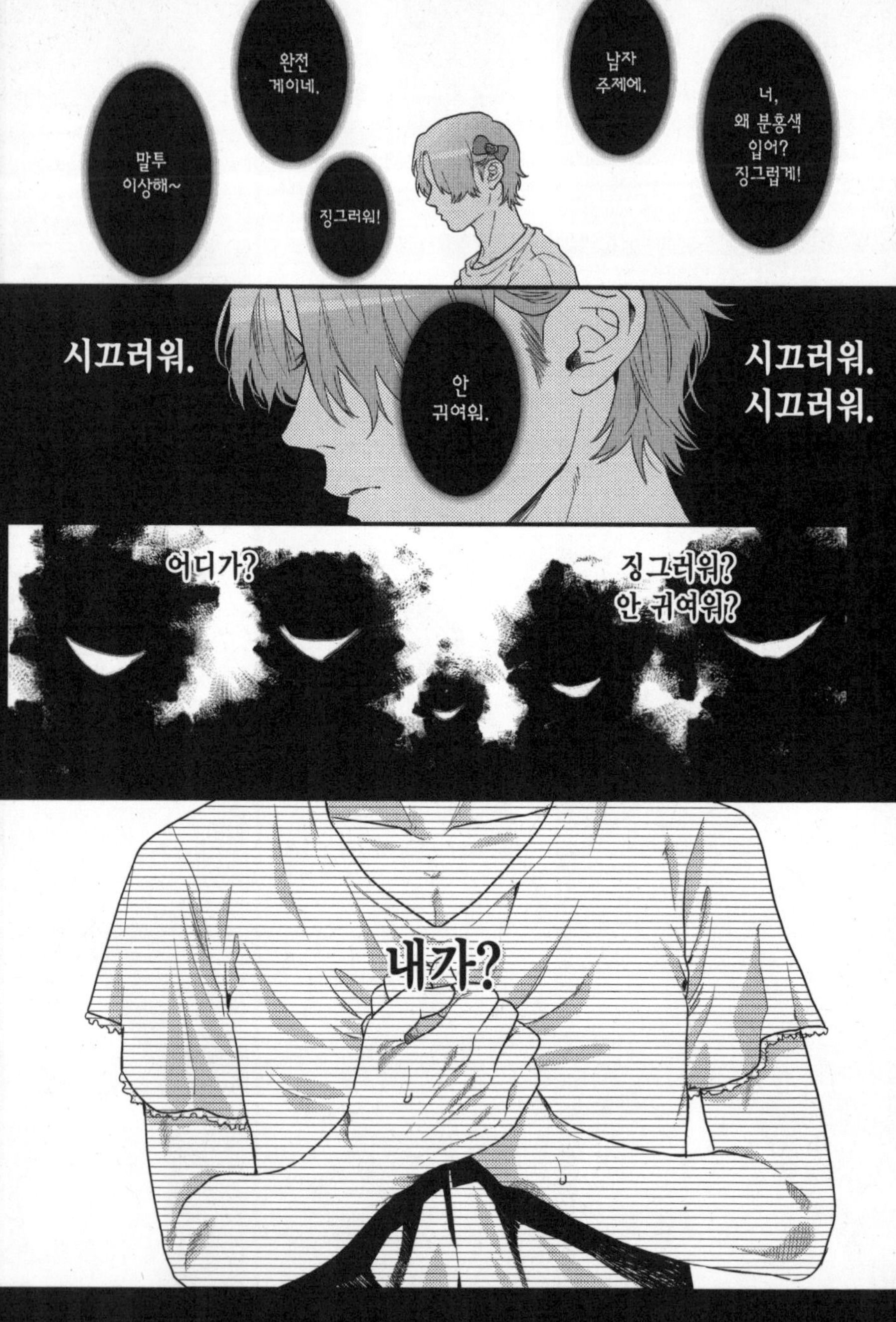
말투 이상해~
완전 게이네.
징그러워!
남자 주제에.
너, 왜 분홍색 입어? 징그럽게!
시끄러워.
안 귀여워.
시끄러워.
시끄러워.
어디가?
징그러워?
안 귀여워?
내가?

말도 안 돼.

저 옷, 에코나 신작! 예쁘다….

근데

입고 있는 애가… '안쓰러워'.

아.

왜….

내가 더….

화장도 안 하고, 머릿결도 퍼석퍼석해.

헉…

무슨 생각을 하는 거야?
당연히 여자애가 더 귀엽지.
저 애가 훨씬 귀여워.
저 애가 훨씬….
econa
econa

후후….

징그러워….

나도 알아.

여자애는 화장이나 머리 손질을

하지 않은 채로 이런 옷을 입어도 자연스럽다.

난 이렇게 열심히 꾸며도 '이상한데'.

좋겠다.

분해.

'마법'에
걸렸다.

그러다 보니
어느샌가

몇 번이나
거울을
볼 때마다
꿈과 현실의
차이에
상처 입고,

이해하고,
이제
그만하자고
생각
하면서도

결국
포기하지
못했다.

거울에 비친 내가 진정한 나야.
모두에게도 분명히 이렇게 보일 거야.
그리고…
평소보다 자신이 귀엽게 보였다.
준….
이 옷, 어때…?
찰칵…
귀여워.
마법은 풀리지 않았다.

준,
있잖아,

핑키
라이브에
나가자!

탁.

그래서
난…

정말?

계속
나가보고
싶었거든!
귀여운 애들
많이 나와~!

응.

공연
말야?

미유가
나가고
싶다면
좋아.

기대된다~♥
열심히
준비하자♪

괜찮아.

미유는

다른
누구보다도
귀여우니까.

웅성

웅성

웅성

준,
있잖아,
저 애,
되게
귀엽다….

…그래?

응.
준도
귀여워.

난
아냐.

어쩌지?

와
아
아아

이어서
첫 등장!
러블리
주스입니다!!

마법이
풀리고
말겠어.

웅성
완전 게이네.
남자 주제에.
징그러워!
너, 왜 분홍색 입어? 징그럽게!
말투 이상해~
미유…?
노래 시작…
……

웅성…
웅성…
시끄러워.
안 귀여워.
시끄러워.

웃지마!
…어?
저…
저기…
미유?!
슐렁…
하앗
하앗
하앗
웅성
웅성
웅성
러블리 주스가
무대에서
내려갔기
때문에…

그럼 어떡해. 앞 그룹이 도망 쳤다는데.
뭐야~ 출연 시간이 빨라졌다니~
뭐?
죄송 합니다….
쿠
웅
앗…!
…혹시 도망친 게 너야?
얘들아, 가자!
아, 잠깐!
그 꼴로 잘도 여기까지 왔네.

다른 누구보다
귀엽다고
인정받고
싶고,

아무에게도
조롱당하고
싶지 않고,

진짜 나는
주위를
시샘하기만
하고,

미유!!

계속
발버둥 칠
뿐인

아무리 마음에
멍이 들어도,
스스로를
타일러봐도
포기하지
못해서

비참한
녀석이다.

짱모모 @
@majiko_23 님에게 보내는 답글
미유, 멋있어~\(*´▽`*

아야나 @
@majiko_23 님에게 보내는 답글
미유 최고 고마워.

미카코 @mi
@majiko_23 님에게 보내는
고생 많았어
오늘도 미유 님 사랑해

rico @
@majiko_23 님에게 보내는

새로운
안식처를
찾았다.

지금은
마음을
정리한 후,
간신히
왕자님이
되자고
결심했다.

그래도

메시세 로모
오늘
미유, 오늘은 미안했어.
메시지를 입력

그러니까….
파악…
HAPPY BIRTHDAY
MOE에게
MOE
모이
HAPPY BIRTH DAY
기껏
생일 파티
열어줬더니
표정이
왜 그렇게
우울해?
모에!
너, 대체
어쩔
생각이야?

네….

네오
아이돌
이란
자각을
가지란
말야.

우리는
넘버원
핑키 아이돌
이니까.

모에는
요새
몸이
안 좋으니
닦달
하지마.

그보다
배고파.
오늘 저녁
뭐야?

이런.
링링
부었어!
실밥
풀어질 것
같아.

너희 말야,
시끄러워!
그보다
유타,
공연 직전에
성형하지
말라고
했지?!

아무튼
핑키 라이브
전까지
다들 컨디션
잘 다듬어
놔!

네….

모에 14세
온화한 치유계 여동생 같은 존재.
'지켜주고 싶은 남자아이'가
캐치프레이즈.

히카리 12세
씩씩한 최연소 멤버.
게임을 좋아하는
평범한 초6.

하루카 ??세
리더·센터.
아마 최연장자.
여장에 대한 의식이 높다.

#24
될 수 있는
아이돌
EPISODE
TWENTY FOUR

유타 20세
대학생. 성형 중독자.
만날 때마다 얼굴이 변하기 때문에
몇 번을 만나도 신선하다.

히지리 18세
야구부 부원이기도 함.
야구부 연습 후 공연을 뛰는
초인적 체력의 소유자&대식가.

SweetS

오늘도 만나러 와줘서
고마워♥
꼬옥♡
늘 제일 앞줄에 있는 미카코의 귀여운 부채, 매번 잘 보여.
아아아아 멋있어. 넘 멋있어. 나 죽네 죽어
으, 응♥
기분 탓이 아니라 기뻐♥
내가 미카코를 계속 보던 거, 알고 있었어?
아깝잖아♥
꼬옥
역시♥♥ 아, 머리 잘랐어? 귀엽다!
어머~!! 맞아, 아주 살짝 잘랐어! 다행이다♥
아~ 왜 눈 돌려?
나 똑바로 봐~

찌잉

아~
난 몰라~
어떡해~

응?!

앗,
그거….

…아,
아니,
아무것도
아냐.

찌
이잉

오늘 와줘서
정말 고마워.
또 만나러
와줘.

병긋

미유 말인데,
억지로 핑키 라이브에 나갈 필요가 있을까?
본인이 들키고 싶지 않다고 하는데.
정작 미유는 내버려 두길 바라지 않을까…?
미유가 하고 싶은 걸 했으면 좋겠다는 것도 우리 생각일 뿐이고,
…확실히
그럴지도 몰라.
나도 스즈시로가 싫어하는 짓을 해선 안 된다고 생각해.

하지만… 난 하고 싶은 걸 못하고 계속 참느라
많이 힘들었고, 늘 지루했어.
메구리가 아버지와는 상관없이 내가 어떻게 하고 싶은지 정하라고 말해줬잖아.
아버지와의 관계는 솔직히 안 좋지만,
지금은 매일이 즐거워.
난 스즈시로도 그렇게 됐으면 좋겠어.
스즈시로가 상처 입길 바라진 않지만.

뭐라고?
토모가
열이 난다니,
왜?

키스케,
시끄러워.
머리 써서
그래!
생각을
많이 하면
항상
이렇게 돼.
평소 에는
생각을
안 하니까.
오랜만에
뇌를
풀가동시켜서
열이 났구나.
미유
때문이지?
응.
결국
그 녀석도
흥분해서
대화가
안 됐잖아.

그렇구나….
요새 미유와
세리사와도
많이
곤두서 있긴
하니까.
그래서
리더로서
책임?을
느끼고
있나 봐.
웬일로.

어떻게든
하고 싶겠지만,
그 녀석,
바보니까.

남자라고
방심하고
다니지마!
이상한 사람
많으니까.
그래.
뭐,
자고 나면
기운
차리겠지.
그럼
내일 보자.
알았어.

속...
이...
이상한
사람...
일 리가
없겠지.
그래,
그럴
리가...
전화하는 척
...응?
뭐 해?

미유.
…생각 좀 하느라….
너, 아직 집에 안 갔어? 그보다 너희 집, 반대편이잖아?
이런 데서?
미유… 오늘 모두에게 심한 말을 해버렸어.
준에게도 상처 줬고.
다들 미유를 생각해서 한 말인데….
아니… 우리도 억지 부려서 미안해.
미유가 왕자 캐릭터로 나가고 싶다면 그렇게 해.
……

미유는…
팬들이
좋아.

하지만
미유를
싫어할까 봐
알리고 싶지
않아.

진짜 미유는
어떤 사람인지
알아줬으면
좋겠어.

…팬들과
하고 싶은
얘기가
참 많아.

좋아하니까
실망시키고
싶지 않아….

좋아하니까
속이고 싶지
않아.

그런 식으로… 무겁게 생각할 필요는 없지 않을까?

아이돌은 취미잖아. 뭐, 미유는 팬이 많으니까 고민되겠지만.

미유는 미유인걸.

난 미유가 정말 대단한 아이돌이라고 생각해.

이미 충분히 팬들을 소중히 여기고 있잖아? 왕자님이든 공주님이든

응.

다들 어제는 정말 미안했어.
나 말야…
이대로 왕자님으로 있을래.
생각 많이 해봤는데, 팬들은 내가 왕자님으로 있어주길 바랄 테고,
난 그 마음에 온 힘을 다해 보답하고 싶어.

되고 싶은
공주님이
될 수
없어도

되고 싶은
아이돌은
될 수 있다.

될 수 있는
아이돌에
가까워지고
싶다.

항상 만나러 와서 응원해주는 팬들을 위해서라면

더 열심히 할 수 있어.

낭
@majiko_23 님에게 보내는 답글
늘도 변함없이 잘생긴 우리 미
사랑해~ 빨리 또 보고 싶다♡
다음 주에도 갈게♡

미카코
@majiko_23 님에게 보내는 답
미유 님, 고생 많았어.
오늘도 고마워.
행복했어~ 사랑해♡

미유유우
@majiko_23 님에게 보내는

미유미유~♡
멋있어!!

다이키
@majiko_23 님에게 보내
1년 전에 핑키 라이브 나와
이제 여장 안 해?

다이키
@majiko_23 님에게 보내는 답글
1년 전에 핑키 라이브 나왔던 애네.
이제 여장 안 해?
2   26   14

WE ARE MAJI-KO DESTROY
Marumero Tanaka

위치 확인
받은 후에
칭찬해달라는
눈빛으로
보던 거
있지?

저번에
악수할 때
완전 기운
넘쳤던 것
같더라구.

진짜
귀여웠어~♥
야간 근무로
쌓인 피로가
확 풀리더라.
미카코는?
어땠어?

…미카코?

응?

아,
미안.
왜?

어제
미유한테
달린 답글?
다이키인지
뭔지
하는….

저번에…
아…

응….

#25 미유, 탈퇴?!
EPISODE
TWENTY FIVE

핑키
라이브에
여장하고
나갔다니….
정말일까…?

착각 아닐까? 미유가 그럴 리가.
아니면 새롭게 인기가 많아지니까 발목 잡으려는 안티겠지!
으… 응!
슬슬 아니라고 댓글 달릴 거야! 미유를 믿자.
그러게! 기다릴래….
왁도날드 쿠폰, 감자튀김이 150엔이래~
오늘 연습 끝나고 가면서 먹자~

긴급
사태!

얘들아!

드

르
르

좋다~
연습 끝나면
아사
직전이니까.

새로 나온
셰이크
원샷하고
싶다~

미유라면
평소처럼
학교 갔어.

아,
네….

아,
근데
큰 박스
들고
나가더라.

학교에서
쓸
도구라곤
하던데….

……

우리
트위터
지금 당장
봐봐!!

아!
준?
…알겠
어요.
미유…
마지고 디스트로이 @majiko_23
오늘부로 그룹을 탈퇴합니다.
지금까지 응원해줘서 고맙습니다.
미안해요.
스즈시로 미유
뭐…?

그룹을
그만둬?!

어제 심야에
누가 멘션을
보냈더라고.

다이키라는
계정이
여장했던 걸
폭로한 게
원인인 것
같아.

그...
그만두다니,
그런 말
못
들었는데.

미유는
아무
얘기도….

미유,
학교
안 왔나
봐.

세리사와도
안 왔길래
연락해보니
지금 미유를
찾는
중이래.

말도
안 돼…

앗,
토모?

어디
가는 거야!

덜
컹…

나,

엥?

나도.

에엥?!

…!
나도
갈래!

나도
찾으러
갈래.

찾아내면
혼쭐을
내줄 거야.

늦어서
미안.

여어!

유키도
같이
찾으러
간대.

난
역 앞
주변을
찾아볼게.

너희는…

유키까지…. 괜찮아?! 선도부원 인데….

그러니까 그렇지. 1시간 동안 어떻게든 찾을게.

게다가 지금은 긴급 사태니까.

하지만 미유를… 우리가 더 이상 어떻게 설득할 수 있을까?

그건 몰라.

메구리.

또 상처를 주면… 미유는, 이제…

어설프게 뭘 했다가

알면서 왜 그래? 지금은 스즈시로를 내버려 둬선 안 돼.

같이 찾으러 가자.

응…!
타 는
쓰레기
역시
없군….

!

나 참,
그 녀석…

어디
간…

움칫

미유?!

콰
아
악

아악!

으앗!

획

앗,
야…!

미유!

크윽…
아파…
죄송
해요!
아야
야…
앗! 미유!
야,
미유!!
얘기…

코빼기도 안 보이네….
근데 니나는 다친 데 정말 괜찮아?
응…. 별거 아냐.
그보다 기껏 찾았는데 미안….
이제 학교에 변명이 통하지 않겠어.
으….
앗.
!
미, 조용!
쉿—!
조용히 해!
저벅…!
기, 길고양이처럼….
몰래 접근해서 포획하자!
저기…!

미유.
어…
어째서…
너,
뭐야?
그룹을
그만
둔다니.
미유,
관둘래.
결심했어.
더는
미유를
말리지마….

고집
피우지마!
왜?
여장한 거
들켜서?
그래….
그러니까
이제 관둘래.
팬들 속인 것도
들켰는걸.
이제 싹
관둘래!
귀여워지고
싶고
아이돌이
되고 싶은
내가…
너무 싫어.
이 상자에는
화장품과
옷이 전부
들어 있어.
미유는…
사실은
주위를
시샘하고,
자존심만
강한
구제
불능이야….
미유의
전부를
끝낼 거야!
이것만
버리면…
미유,
그러지
마!!

공주님도 될 수 없어.
왕자님도 될 수 없어.
네오 아이돌도… 이제 글렀어.
그럼 미유는 어떡해야 해?
모르겠다구.
이제 미유한테 신경 꺼….
다 관두면 아무에게도 조롱당하지 않을 테니까….
조롱당하기 싫으면!!

더!
귀여워
져서!!

복수하면
되잖아!!

귀여워
질 수
없는걸.
미유가
제일
잘 알아!!

귀여워
지려고
하는
네가

귀엽지
않을 리가
없잖아!

또
각

…그
무엇도
되지
않아도
돼.

미유답게 행동하면 그만이잖아.
미유가… 나한테 말했듯이.

앗….
흔
들

첨
벙
덩

첨
이런…
끼익
우웨
예—.
예…
아아~!
아아~!
와아~?!
미유,
괜찮아!
아마 많이 젖진 않았을 거야!
아, 근데 바닥이 조금 심각하네….
그래도 멀쩡해.
안심 하셔.

이런!
너흰…
미안,
역시 옷은
대부분
젖었더라…
너흰…
바보야!
이렇게…
위험한
짓을…!

그리고 다음에 나갈 배틀 페스는

핑키 라이브야!

잘 들어. 난 이 그룹의 리더야. 미유의 탈퇴는 내가 인정 못해.

어휴….

나, 배려 같은 거 모르니까 그냥 말할게.

핑키 라이브에서 우리가

우승 하자.

어떻게 우승을 해….

우… 우승?!

못할 게 뭐 있어. …게다가
리더가 앞을 똑바로 향하고 있으면 안심하고 따라와줄 거잖아.
날 따라와, 미유.
어… 어째서
착하지도 않고 제멋대로인… 이런 미유를 위해
그런 건…
복잡하게 생각하지 마….

친구니까 그렇지….
멋대로 그만 두겠다고 하지마.
섭섭하게 시리….
미유….
미유는 귀여워.
너와 또다시 함께 무대에 서고 싶어.
게다가 처음 봤을 때부터…
미유는 나의 공주님인 걸.

미유… 미유는… 너희와…
너희와 다 같이 또 함께 다시 한 번… 노력해도 될까…?
처음부터 그럴 생각이었거든—!!
와
와
니나….
응?
미안…. 아팠지…?
아, 아니, 뭐! 이 정도야!
홱
후뮤….

준, 미안해. 밉다고 해서….
마음에도 없는 말이나 하고….
알아.
미유도 준을 처음 만났을 때부터
계속 좋아했어.
알아.
준… 좋아해.
나도 좋아해, 미유.

나도 같은 마음이야.
나도… 뭐…
나…
나도~!
나도! 너희를 좋아해~
와
락
나…
나…
엥…?!
……
힐끔…
나…도, 그래….
그런데 말야,
그보다 남자들끼리 좋아한다고 하는 거 징그럽거든!
역시—!

마지고 디스트로이 @majiko_23
어젯밤에 스즈시로가 올린 글은 철회합니다.
스즈시로는 앞으로도 마지고 디스트로이의
멤버로서 활동할 예정이오니,
아낌없는 사랑 부탁드립니다.
걱정 끼쳐 죄송합니다.
#마지고디스트로이 #야노

코지, 타쿠미, 이거 봐봐.
닥쳐, 타쿠미. 너랑 상관없잖아.
너, 얼마 전에도 하다가 욕먹었잖아. 하지마.
마사~ 라방 할 건데, 같이 하자~
…
뭐야?
이게…
마지고 디스트로이
트윗 트윗 및 답글 미디어 마음에 들어요
마지고 디스트로이 @majiko_23
다음에 나갈 예정인 배틀 페스는 핑키 라이브입니다.
#마지고디스트로이 #야노
마지
이 녀석들 그룹의 색깔은…
뭐지…?
……
다들 덤벼 다음엔 핑키 라이브라….
게다가 미나세가 우승 선언까지 했어.
마지디스? 누구더라…?
아앙?! 마지디스가 핑키 라이브에 나간다고?! 이 녀석들, 제정신인가?
마사— 라방 하자—

WE ARE MAJI-KO DESTROY
Marumero Tanaka

WE ARE MAJI-KO DESTROY
Marumero Tanaka

이게
컨실러고

이게
아이섀도,

비슷하지만
이게
블러셔야.

#26
데·이·트
EPISODE
TWENTY SIX

우선
베이스부터
외우고…

쓰다
보면
외워져.

아하하….
어렵지…?

이게
컨트롤러고,
이게
표고버섯?!

끄아으응…

……?!

으아~

악ㅡㅓ!!

어렵네~

들어오는
질문,
전부 야노가
대응해주고
있잖아.

얼마 전에
내가 올린
트윗도 그렇고,
무료 공연에도
나만
빠져서…

야노,
미안해.

저…

엥?!

다
내 탓인데….

프…
프로듀서니까 당연하지! 그런 걸로 부담 갖지마.
게다가 지금 미유가 나가면 질문 공세를 받을 테니 일단 마음부터 잘 추스려.
팬들을 불안하게 만든 채로….
아직 팬들한테 어떻게 전해야 좋을지 모르겠어….
응…. 나도….
솔직히 말해
지금 1곡 만드는 중이긴 하지만… 완성하려면 시간이 더 걸릴 것 같아.
아, 맞다. 곡 말인데,
그, 그래, 그래! 시간도 얼마 없으니!
미―유! 지금은 핑키 라이브에 집중하자~
지금부터 1곡 더 만들어서 안무 짜고 완성시키는 건 불가능이나 마찬가지야.
하지만 핑키 라이브는 과제곡이 없는 창작곡 2곡 구성.
이미 완성된 과제곡이 없으니 많이 난감한 상황이야….
번쩍
그래서 말인데,

러블리 주스의 노래를 2번째 곡으로 넣는 건 어떨까?
핑키 라이브에서는 미유와 세리사와가 더블 센터를 맡아
단, 두 사람에게 부담이 되니 다른 방안도 생각…
미유, 하자.
하지만 확실히… 러블리 주스의 노래라면 안무도 완성되어 있으니…
오오오….
……!
아니… 해야 해, 우리의 곡을.

…그것과는 별개로
나만 무료 공연 쉬는 동안 뭔가 하고 싶어.
…응.
예를 들면… 신곡 안무 짜기라든가….
아~ 항상 메구한테 맡기고 있긴 하지.
응….
이번에는 미유가 중심이 되어 짜볼게.
오~ 그럼
당장 연습에 들어가고 싶은 심정이지만…
일기예보 봤더니 한동안 계속 내린대.
연습 장소가 밖인데 말야.
메구네 집은? 댄스 교실 비는 날 없어~?
쏴아아아
아…
비가 이렇게 와서야 원….
엥?! 우리 집?! 안 돼, 안 돼!!
그럴 겠지….
으, 응…. 으~음….
아~ 하지만…

아버지가 지금 일 때문에…
한동안 집을 비워서…
잠깐이라면 괜찮을지도 몰라!
그럼 지금 가자!!
불쑥
우와~ 짱이다~

거울 크다~!
넓고 깨끗하다~!
바닥이 반질반질~!
나 참—
그럼 바로 연습 시작할까!
응~!!
휴식!
좋아!
힘들어~
오늘 쉬는 날인데,
뭐 하니—?
오늘은 이쯤에서 끝낼까?
철커덕
!

슌 친구들
이니~?

어머나 ♥

난 슌의
엄마이자
아빠란다.

근데
너흰 대체
무슨
모임이니?

어, 아,
안녕
하세요!

아버…
어머…
아저…님!

누가
아저씨
라고?

그게,
저희,
네오
아이돌
하고
있어요!

마지고
디스트로이
예요!

슌 너,
네오 아이돌
했었어?!

야…

꾸벅

취…
취미로…

잠깐
하고
있을
뿐이야!

근데 왜
벌써 왔어!
일은
어쩌고…?

원래
예정보다
빨리
끝났어!

안무
각색만
하면 되는
거라서~

정말
이세요?!

그래,
상담
정도라면
해줄게.
특별히♥

그럼.
그게
주업무
인걸♪

어…?
안무 짤 수
있으세요?

그, 그만
나가!

아버지,
좋은
분이시네!

뭐야~
놀라긴
했지만,

……

내일부터
한동안
교실 비어
있을 때

다들
여기 모여서
연습하렴♥

감사합니다!!
씩씩하구나♥
안녕하세요….
저, 저기, 이번에 안무를 짜게 된 스즈시로라고 합니다.
안무는 슌이 짜니~?
아, 아뇨 이번에는·
어머, 그렇구나! 반가워.

알림
멘션
전체

미카코
@majiko__23 님에게 보내는 답글
미유, 섭섭해. 다시 예전처럼
미유와 만나 얘기할 수 있는 거야?
미유를 믿어.

@majiko__23 님에게 보내는 답글
여장ㅋㅋㅋㅋㅋ
완전 사기네ㅋㅋㅋㅋ

미유유우
@majiko__23 님에게 보내는 답글
핑키 라이브에서 또 여장한단 소리야?
멤버 전체가? 미치셨는지?

maco
@majiko__23 님에게 보내는 답글
미유, 잘 지내?ㅠㅠ
건강한 모습 보고 싶어.

다시
네오 아이돌을
시작한 나를

미안….

수많은 아이돌 중에서 나를 발견해준 팬들.

공연에 와선 항상 '좋아한다'고 말해준 팬들.

하지만 난 계속 거짓말을 해 왔다.

속여서 미안해.

역시 이런 난 싫겠지.

이렇게 되어버릴까 봐 줄곧 두려웠다.

사실은 왕자님이 아니라서 미안해.

미유를

싫어하지
말아줘.
너희
말야,
글렀어.
엥…?
역시
안짱다리가
문제야.
자세가
안 좋아.
그리고
그 화장은 또 뭐야?
떡칠하면
다 화장인 줄
알아?
안무도
부드럽질 않아!
레슬링 선수가
따로 없네!
긴장 풀며
안짱다리가
되질 않나,
빠
려

일단 미나세, 니나, 메구리는 여장해봐.
익숙지 않으니까….
알아! 나도 더 귀여워지고 싶단 말야!
엥?
데이트야.
해결책은 하나.
너희는 남들 시선에 익숙해져야 해.
데이트…?!
못해, 못해, 못하겠어.
자자 잠깐!

바보는 너지! 무슨 벌칙도 아니고!
시끄러, 바보야.
거 참, 꽥꽥 시끄럽네.
그보다 커플로 보이면 합격이라니, 대체 무슨 기준인데?!
보이기 싫거든!
슈렁…
슈렁…
귀엽게 보이도록 의식해. 자, 가자.
오, 하면 잘하네. 귀여워졌어.
집중해. 남들이 보니까.
귀엽게…?!
…응.
왠지 요령은 알 것 같아….
……
……

내 여친으로 보이도록 있는 힘껏 노력하셔.
그래, 해주마!!
역시 귀엽지 않다니까….

……

니, 니나… 창피 하지?
미안….

……

모델
인가?
게다가
말랐어
야야,
저 커플,
둘 다
키 큰 것
봐.
벼,
별로 안
창피해!
얼른
스타
벅스
가자.
아,
응….
메구리,
다리
대각선으로
모아서 앉아봐.
모델 포즈래.
어?
이,
이렇게…?
응?
대각선?
꺄아♥
꺄아♥
응.

괜찮아, 메구리. 자신을 가져. 넌 귀여워.
나, 날라리 어울려?!
아니, 나야 날라리가 제격이긴 하지…
뭐….
진짜. 귀엽다~!
꺄아~ 봐봐. 귀여워~
나, 이거 살래~
거봐, 메구리가 귀엽다잖아.
100% 나한테 한 말이 아니지만…
그럼 내일은 남녀 바꿔서 나가자. 니나는 야노랑 나가.
네가 여친이냐~
키스케, 잘해라.
뭐?!
근데 말야~ 남이 본다고 의식하면 달라지더라.
예이~ 맞아! 여자는 동작이 내면에서 우러나오잖아.
지금은 의식하니까 피곤하지만, 무의식적으로 되면 할 만하겠어.
그러게.

난 더
따끔하게
당하고
싶었던 걸지도
모른다.

그때
무시당하고
경멸당해…
포기하고
싶었던 걸지도
몰라.

하지만
너희는
함께
즐겨줬어.

나의
본모습을
받아들이고,
친구로
있어줬어.

줄곧
나를
지켜준

너에게,

너희에게
난
무엇을
해줄 수
있을까?
얘들아.
안무에 대해
조금
생각해
봤는데.

뮤뉴는 양과 토끼잖아. 그러니까
너희도 저마다 동물을 모티브로 한 의상이랑
기존 동작에 동물의 귀여운 움직임을 넣어보는 건 어떨까냥?

좋다!

이게 안무 완성본 이에요.
음~ 괜찮네. 고칠 부분은 확실하게 고쳤고,
동물스러운 동작도 많이 귀여워 졌는걸.
감사합니다! 이제 더 연습해서 동작을 맞춰볼게요.
그래. 열심히 해!
…저, 뭐 하나 여쭤봐도 될까요…?
평소에도 여자처럼 꾸미고 밖에서 생활하시 죠…? 그…
남의 눈이 신경 쓰이진 않으세요…?
남의 눈 따윈 신경 안 쓰여.
넌 신경 쓰이니?
저는… 제가 생각하는 저의 이상적인 모습과 현실의 모습이
다른 걸 견딜 수가 없어요.
조금이라도 상처 받을까 봐 두려워요.

누구든 상처 받는 건 두렵고,
이상과 현실이 다른 건 당연한 일이란다.
그걸 두려워하면 아무것도 시작되지 않는걸.
…하지만
넌 두려워도 시작해보려 하고 있잖니.
그건 큰 한걸음이야.
…네.

수고.

뉴!

다들 뛰러 갔어. 얼른 합류하자.

깜짝

철컥

아… 저기 말야…

나도 어쩐지 미유의 마음을 알 것 같아.

나, 실은 애니를 엄청 좋아하는, 이른바 덕후야.

그, 알아…. 그렇구나….

근데 중학교 때 친구들한테 덕후라고 놀림당해서

그 후로는 숨덕으로 지내고 있어.

내가 좋아하는 걸 멸시당한 기분이 들어서 화가 나더라고.

그 후로는 멸시당하는 게 싫어서 얘기도 안 했지.

누가 좋아하는 걸 헐뜯으면 마음이 아프잖아.

응….
맞아….
하지만 역시 애니 얘기는 즐겁단 말이지.
미유도 좋아한다면 즐기는 편이 좋잖아?
좋아하는 일이라면 좋아하는 만큼 즐기고 싶은 게 당연한걸.
비웃는 녀석이 있어도 신경 쓰지마. 세리샤와가 패버릴 테니까.
나도 이제 숨덕 관둘래~
저기…
응?
니나가 애니메이션 좋아하는 건 꽤 예전부터 알고 있었어….
응….
어떻게?! 말도 안 돼!
어떻게?! 계속 숨겼는데?!
아하하.
뭐?!!

예이
꾀 부리는 거 아냐!
꾀 부리지마! 뛰어, 뛰어!
여어~ 니나!
진짜? 기대된다~!
의상도 거의 완성했고!
이제 남은 건 반복 연습 뿐이야♪
메구리네 아버지께도 확인 받았어.
우후후…♥
털♥
아, 맞다. 다들
남김없이 싹 밀어야 해!
털…

부
우
웅
부
우
웅
히~지~리~
밥 먹어.
드르륵…
응~
애들아~
밥
다 됐다!
신난다~!
1달 만에
먹는 고기!
유타,
접시
꺼내!
그리고
히지리
불러와.
히지리~
샤워하고 와!
땀내 나.
모에 형,
목
괜찮아?
어~
아, 응…
금방
나을
거야…
콜록…
콜록.

WE ARE MAJI-KO DESTROY
Marumero Tanaka

WE ARE MAJI-KO DESTROY
Marumero Tanaka

유―타아
유―타아
유―타아
유―타아
#27
핑키 라이브 #1
EPISODE
TWENTY SEVEN
스위츠는
나의 소중한
보금자리.

하루
형이

날 위해
만들어준
그룹.

'귀여워지고
싶다'.

여자라면
누구든 하는
생각이잖아?

나도
마찬가지.

왜냐면
난 여자니까.

마음은.

웅성

웅성

웅성

이 수업,
못생긴 애들
천지네.

노력 좀
해.

화장 정도는
하고 오란
말야.

!

유타카.

너,
누구야?

아.

나한테?

응….

난
경제학부
타노라고 해.
궁금한 게
있어서….

나도
성형에
관심이
있는데,

친구가
유타카는
성형을
많이 해서
잘 안다고
하길래.

그래서…
좀 물어
보려고.

어딜
고치고
싶은데?

쌍꺼풀
하고
싶어!

많이 아파?
돈은
어느 정도
들어?

절개랑
매몰이
있는데.

응?

그게
뭐야?

그런 것도
몰라?

남한테
물어보기 전에
먼저 알아봐.

눈 말고
다른 데도
고쳐야 할 것
같은데.

호박같이 생긴 게!
내가 너보다
훨씬 귀엽거든?
후딱 성형이든
뭐든 좀 해라.

호박,
호박,
호박!!

붓기는
장난 아니지,
피도 나지,

...당연히
아프지.

돈도
들지.

귀여워지는 게
얼마나
아픈지 알아?

나 같은 사람이
귀여워지려면
너희는 날 때부터
노력 없이 그럭저럭
귀여운 존재로
있을 수 있지만,

아프단
말야.

유타.
기익
유타.
왜?
유타,
목소리가
낫질
않아.
변성기인가
봐.
어쩔 수
없어….
언젠가
반드시
오는
법이니까.
모에는
나를
따르는 것
같다.
이
아이도
나와는
조금 다르지만,
귀여운
모습으로
있고 싶은
것이다.
어렸을 때부터
줄곧
내 흉내를 내며
화장을 하고,
여자 옷을 입고,
초등학교
4학년 때
그룹에
들어온
이후로
쭉
'귀여운 캐릭터'
였으니까….

모에의 외모는 분명히 앞으로 더 변해 갈 것이다.

가여워라.

나…
변한 얼굴이 싫으면 바꾸면 되지.
얼굴도 변하면 어쩌지?
나처럼.
그게 뭐가 어때서?
성형은 비겁하다고 말하는 녀석도 있지만,

귀여워지면 장땡이지!

그래,
귀여워졌다.
많은 아픔을
극복하고

귀여워
졌는데.

왜….

뻐

억

웅성

웅성

아파~!!

아…

시끄러!!
그럼 네가 말하는 귀여운 여자랑 사귀면 될 거 아냐, 바보야!!
야!
유타카, 기다려 봐!
죽어!
여자에겐 이길 수 없다. 그렇다면 여자보다 더 귀여워지겠어.
옛날부터 이랬다.

결혼을 못해도, 아이를 낳지 못해도
선택 받을 수 있도록.

모두가
'귀엽다'고
하는 얼굴을
따라 했다.

입술은
통통한 게
귀엽지.

코는 작고
가는 게
귀엽더라구.

눈은 더
큰 편이
귀여워.

전부
했는데.

완벽한데.

아무리 돈을 들여 얼굴을 바꿔도
난 전혀 귀엽지 않다.
어째서?

웅성
웅성
웅성
웅성

웅성
웅성
대기실3
웅성 웅성
웅성
시끌
…너희 말야,
잘 들어.
핑키 라이브의 남녀 비율은
5대5야.
이런 경우는 핑키 라이브 말고는 없어.
경이로운 비율이야. 보통은 남녀 1:9 정도니까.
게다가 이 배틀 페스에서는 보다 좋은 무대를 선보인 그룹이 평가받아.
그러니까 신인 그룹인 우리에게도 충분히 가능성이 있단 뜻이지.

괜찮아. 연습 많이 했잖아.
너희가 제일 귀여워. 내가 보장할게!
응~ 빨리 갔다 와.
메이크업 전에 화장실 갔다 와도 돼?
저기, 저기,
예~

뭐 해?

?!
아,
응….

쉿—!

!!
어디
갔어?!
모에—!

나 참, 그 녀석…
……
……
…핑키 라이브 참가자 맞지?
……
……
왜 그래? 어디 아파?
끄덕
끄덕
끄덕
…목소리 가
이상해.
이런 목소리로는 노래 못해…
변성기 아냐?
……
다친 게 아니라 다행이다~
…왜
안 웃어?
이상하지 않으니까.

난 변성기도 왔고, 너보다 크지만
엄청 귀여워. 우리 무대, 꼭 봐.
너무 귀여워서 까무러질걸!
그럼 이만 갈게.
기대 많이 해.
…!
대기실3
대기실4

응?
준….
응성
응성
이곳에
다시
돌아오자고
말해줬잖아.
그 말대로
오늘
돌아왔어.
미유,
이제
괜찮아.
또다시
너와 이곳에
서고 싶었어.

세상에서 제일 귀여운 공주님이 될 테니까,
가장 가까이서 지켜봐줘.
맞아!
너희 둘은 우유잖아!
뮤뉴커든.

좋아.
우리 모두
틀에 박힐
필요는 없어.

하고 싶은 건
마음껏 하고,

오늘
무대도
자유롭게
즐기자.

마지고!!

우리는

디슈
트로~이!

디스
트로이.

디스
트로이!!

디스
트로이!

디스
트로~이!
에~이!

디스
트...

또
제각각...

너희, 정말 귀엽다…!!
하아
귀여워…!
웅성
두 줄로 서주세요.
특전회 사진권 줄은 이쪽입니다.
웅성
DRINKS
웅성
시끌
나도….
…미카코, 괜찮아?
나, 이런 공연은 처음 와봐…. 최애랑 사진 찍는 거 처음이야….
우와~
시끌
줄 마지막은 이쪽 입니다~
웅성
웅성
응….
마지고 디스트로이 @majiko_23
오랜만이에요. 항상 멘션 보내주시는 여러분, 고맙습니다. 큰 버팀목이 되고 있어요. 하지만 핑키 라이브에서는 여러분을 배신할지도 몰라요. 그래도 나름대로 고민하고 정한 일이니, 저를 좋아해주는 분들도 지켜봐 주셨으면 좋겠어요. 이기적인 저를 용서해주세요.
#마지고디스트로이 #스즈시로
미유 님이 이렇게 말하니까….
사실은 무섭기도 하고, 보고 싶지 않지만….

PINKY LIVE
오오!
무대도 귀엽다.
그러게.
내가 졌어…. 쿡…. 나도 전부 오렌지 색으로 맞춰 입고 올걸.
이거 봐봐!! 토모가 알아봐줄까~
괜찮은데~
사진권도 한도까지 샀으니 준비는 완벽해!
우후후
전신 오렌지색
상의만 오렌지색
아하하
오직 미나세
여장 이라.
코지!!
짱이다.
생긋
여러분, 와주셔서 대단히 감사합니다.
어제 난리 났잖아!
잠깐을 가만히 못 있냐!!
남자가 많네요~
이 공연, 뭐야.
더럽게 따분하네~ 마사, 스토리 찍자.
오직

공연 시작에 앞서 관객 여러분께 안내 말씀 드립니다.
공연 중 동영상 · 사진 촬영, 음식 섭취는 삼가주시기 바랍니다.
그럼…
지금부터 제40회 핑키 라이브를
시작 합니다.

오~!!
10
예—이!
좋다,
좋다~
목욕탕
엄청
오랜만
이야!
넓다~!!
게다가
우리밖에
없어!
근데 왜
목욕탕에
온 거야?
뭐,
연습 때
흘린 땀을
씻을 수
있는 건
좋지만….

뛰지마. 넘어져.
쳇….
뮤~~♥
미유, 목욕탕 처음 와봐♪
근처에 목욕탕이 있었다니. 몰랐어~
우리밖에 없어서 좋다—!
아, 잠깐….
어…? 뭐야…?
예이~
엥?
핑키 라이브가 얼마 안 남았으니,
기분 전환도 되고 좋잖아.
다리털?! 아—!
허벅지에도 옅게 났어!
앗.
히익…!
다행이다. 엉덩이는 깨끗해….
뭐야…
그 털은….

잠깐, 아, 진짜, 뭐야, 그만 봐, 변태──!!
이런 털북숭이가 더 변태 같은걸!!
뉴!!
뭐, 뭐…?! 그래…?!
히익!!
아침에는 수염 밀고, 밤에는 몸 전체를 밀라니…. 얼마나 밀게 할 셈인데?
온몸의 털이란 털은 다 제거하게 만들 생각이야…?
하하, 하트 모양으로 밀지 그래~
전부 밀어!
거시기 털은 괜찮아?
진짜?! 싫어!!
다듬는 정도로만….
난 생수 페트병 꼭 짜놓은 정도.
수건 밑으로 비어져 나오다니, 대체 얼마나….
우와─
오호호
리얼하네. 듣고 싶지 않아….
아이돌 이니까 그런 얘기 좀 하지마!
너희는 다듬어봤자 보여줄 상대도 없잖아.
역시 겨드랑이 털…은 없는 편이 좋을까?
시, 시끄러!
으, 으아! 비어져 나왔어! 비어져 나왔어!!
밀 수는 있지만,
매일 밀자니 귀찮아서….
덜 렁

…미나세,
왜 그래?

멈
춧
음

나한테
주목하지마.

(ㅅㅅ)

토모
겨드랑이
보래요~

어디
보자.

끼악!

번
쩍

와아~♥
아기 이마
같아♪

나도
보자!

두닥

두닥

꺼져!!

부럽다~
미유, 빨리
전신 제모
하고
싶다냥~

이번에는
처음으로

사진 촬영회도
하니까
더 신경
많이 쓰게
되는 것
같아.

응!
촬영회~♥

키스케,
안경 안 벗어?
보이긴 해?

우리가
우승하면
엄청
재미있겠다….
본때를
보여
주자고.
하하….

[우리는 마지고 디스트로인] 5권에 계속 ■

초판 1쇄 인쇄 / 2020년 9월 11일
초판 1쇄 발행 / 2020년 9월 21일

지은이 / Marumero Tanaka
옮긴이 / 심이슬
펴낸이 / 오영배
편집진행 / 조혜영,김은경
책임편집 / 삼양코믹스 일본만화 편집부
디자인 / 전미선
펴낸 곳 / (주)삼양출판사

주소 / 서울 강북구 도봉로 173 캠프 6층
편집부 전화 / (02) 980-2140
영업부 전화 / (02) 980-2112
FAX / (02) 983-0660
등록번호 / 제 9-46호
등록일자 / 1999년 3월 11일

ORETACHI MAJI-KO DESTROY Vol.4
ⓒMarumero Tanaka 2019
First published in Japan in 2019 by KADOKAWA CORPORATION, Tokyo.
Korean translation rights arranged with KADOKAWA CORPORATION, Tokyo.

한국어판 저작권은 (주)삼양출판사가 가지고 있습니다.

*이 작품은 저작권법에 의해 보호를 받으며 무단 전재나 복제는 법으로 보호 받을 수 없습니다.
*한국 내에서만 유통 판매가 가능합니다.
*잘못 만들어진 책은 구입하신 서점에서 교환해드립니다.